γ

Ye.

17409
17410

ODE.

ODE

AUX

CHEVALIERS DE MALTE,

Dédiée

A Monseigneur le Duc d'Angoulême;

PAR **L. F. CHABAU.**

Impavidum ferient ruinæ.
HORAT.

A CLERMONT-FERRAND,

DE L'IMPRIMERIE DE THIBAUD-LANDRIOT, LIBRAIRE,
IMPRIMEUR DU ROI.

1824.

Épître dédicatoire

À Son Altesse Royale

Monseigneur le Duc d'Angoulême,

Grand-Prieur de France dans l'ordre des Chevaliers de Malte.

————✦————

Monseigneur,

Un Prince qui ramène la paix &
la tranquillité dans un État que les feux

de la discorde et des guerres civiles avoient troublé si long-temps, est un Prince de la race des Bourbons : le généreux pacificateur de l'Espagne, celui qui a frappé d'un coup mortel l'hydre des révolutions, sent certainement couler dans ses veines le sang d'Henri Quatre & de Saint Louis ; & sa bravoure sans ostentation, son noble dévouement pour les soldats qu'il a commandés, nous ont bien montré un digne Chevalier, un digne enfant de Gérard.

Vous-êtes, Monseigneur, un des plus grands ornemens de cette pépinière de héros ; & dans un grand Prince, on se plaît à voir la valeur, la bienfaisance & la courtoisie des d'Aubusson & des Villaret.

Permettez que l'admirateur le plus

sincere de vos exploits, présente à Votre Altesse Royale ce qu'il a pu dire à leur louange, & l'assurance de son respect pour les Bourbons.

L. F. Chabau.

ODE

AUX

CHEVALIERS DE MALTE.

————◦→→→◦→→≫◦❀◦≪←←◦←←◦————

Impavidum ferient ruinæ.
HORAT.

Sur le roc illustré du nom de la Valette,
Quand la France apportait une affreuse tempête,
    Les fils de la valeur,
Fermes et se fiant à leur mâle courage,
Regardant leurs héros, n'ont point trahi l'ouvrage
    De dix siècles d'honneur. [1]

Si loin de leurs remparts, dans l'Europe attendrie,
Désertant de la gloire une illustre patrie,
    Ils furent dispersés :
Leurs fronts qu'avait frappés la puissance inhumaine,
Sous l'orgueilleux appui des tyrans de la Seine
    Ne se sont point baissés.

Tels étaient ces garans d'une fière vaillance,
Dont une trahison enchaîna la prudence
      Et creusa les tombeaux :
Pour s'épargner un jour la honte d'un outrage,
Ces lions rugissans de dépit et de rage,
      Cachèrent leurs drapeaux. (2)

Ainsi, quoiqu'autrefois la victoire fidèle
A la Croix glorieuse eût su fixer son aile
      Et sa mobilité,
Trahis au champ d'honneur par un zèle perfide,
L'étendard des Gérard, dans sa course homicide,
      Tombe enfin arrêté. (3)

Mais grands dans le malheur, mais grands dans les alarmes,
Rien n'a terni l'éclat de vos vaillantes armes,
      Vertueux chevaliers ;
A de lâches vainqueurs la fortune prospère
N'imprimera jamais d'ignoble caractère
      Sur de nouveaux Villiers.

Les paladins du Christ s'éloignant de leur île,
Virent Gozon, vainqueur de l'énorme reptile,
      S'élever sur les flots ;
Levant au ciel des bras couverts d'un sang immonde,
D'un air impérieux faisant gémir sur l'onde
      Ces mots, ces tristes mots :

« De la religion, vous, les vengeurs sincères,
O vous des souverains les guerriers tutélaires,
      Enfans des longs combats,
Jadis aux Musulmans sur des ailes rapides,
Vos dards toujours tendus, vos lances intrépides
      Apportaient le trépas.

Rhodes pendant deux fois vit tomber leur audace, (4)
Et de leur sang encor l'œil reconnaît la trace
      Aux campagnes d'Azot ;
Et leurs foudres tournés contre Malte insensible,
Ont vu des chevaliers la cohorte invincible
      Les éteindre aussitôt.

Sous leurs mille vaisseaux faisant gémir les ondes,
En vain ils espéraient porter dans les deux mondes
      Des chaînes et des fers;
Levez-vous, chevaliers, et votre noble épée,
Dans leur sang avili long-temps, long-temps trempée,
      Purgera les deux mers.

Le Croissant abattu sous la Croix triomphante,
A connu la valeur des guerriers qu'elle enfante
      Pour sa destruction.
Aux rives de Tunis, aux bords où fut Pergame,
Nos braves ont suivi l'ardeur qui les enflamme,
      Et murmuré son nom.

Ce bras guidé toujours par l'honneur et la gloire,
A de ses ennemis, par plus d'une victoire,
   Étonné les efforts ;
De leurs nombreux débris couvrant la mer, la terre,
Ces yeux armés de feux, les ont fait dans la guerre
   Se cacher dans leurs ports.

Hélas ! vous eussiez tous, imitant ma bravoure,
Des murs de Constantin aux champs de la Massoure
   Guidé vos escadrons ;
Aux colonnes d'Alcide, aux portes de Solime,
L'Atlas et le Liban eussent pu voir le crime
   Craindre vos bataillons.

Eh bien ! sortez, forbans, de vos roches profondes,
Et vos nefs désormais vont soumettre les ondes
   Au glaive de Tunis ;
Barbares, aux chrétiens préparez donc des chaînes ;
Des chrétiens en ce jour ont, pour finir vos peines,
   Chassé vos ennemis.

Peuples, les voyez-vous, bondissant de colère,
Ces tigres égorger et la fille et la mère,
   Et le père et le fils ;
Les voyez-vous courir, s'armer pour vous attendre,
Profaner les lieux saints, et disperser la cendre
   De vos aïeux chéris.

Ces·lions échappés du fond de·leur repaire,
Et ne redoutant·plus les mains où le tonnerre
   A grondé tant de fois,
N'ont pas à détourner les éclats de la·foudre,
Qui de leur·trône altier renversait dans la poudre
   Tant de superbes rois.

Les ennemis du Christ, sur leurs flottes hideuses,
·Entraînent à grand bruit les victimes honteuses
   Qu'attend un triste sort ;
Et tous leurs ports oisifs ou contraints à se taire,
Vomissent maintenant le bronze de la·guerre,
   L'esclavage et la mort. (5)

Tels, les yeux enflammés, les ailes étendues,
Les aigles, les vautours fendent les·vastes nues,
   S'abattent sur nos·champs ;
Avides de carnage, et·de sang dégouttantes,
Leurs griffes ont saisi les dépouilles sanglantes
   Qu'engloutissent leurs flancs.

Ah! sans doute qu'un jour, au bruit de ces ravages,
L'occident réveillé lavera tant d'outrages
   Dans le sang des Orcans ;
Sans doute, chevaliers, vous pourrez sur leurs huttes,
Promener vos succès, et sous d'horribles chutes
   Écraser les forbans.

De nouveaux d'Aubussons, au milieu des batailles,
Prépareront encor de tristes funérailles
  Aux spahis redoutés ;
Que l'auguste étendard, d'où la Croix triomphante,
Répandait la terreur, la crainte et l'épouvante,
  Se lève ; ils sont domptés.

Mais ces temps fortunés, à votre impatience
Seront rendus trop tard, et de votre vaillance,
  Ministres trop oisifs,
Dans vos terribles mains vos fidèles épées,
A travers cette nuit, long-temps encor trompées,
  Chercheront les shérifs. »

Il dit : à ses accens les forbans se troublèrent,
Et des noirs Africains les rivages tremblèrent
  Sous sa puissante voix ;
Les pirates déjà sur leurs flottes craintives,
Crurent voir s'élancer des foudroyantes rives
  Le prix de leurs exploits.

NOTES.

(1) . . . . n'ont point trahi l'ouvrage
De dix siècles d'honneur.

Des témoins qui ont été les malheureuses victimes de la victoire que remporta Buonaparte sur les chevaliers de l'Ordre de St.-Jean de Jérusalem, nous ont dit qu'on se défendit vaillamment. Au reste, les précautions que ce général prit pour débarquer, prouvent bien qu'il les redoutait, quoiqu'il sût quel était leur petit nombre, et que bien des traîtres le favorisaient.

(2) Cachèrent leurs drapeaux.

Je pense que l'on connaît assez cet endroit de notre histoire, où des grenadiers enfermés dans un village de l'Allemagne, pendant les guerres avec l'Autriche, sous Louis XIV, et ne pouvant se retirer, enterrèrent leurs drapeaux plutôt que de les rendre à l'ennemi.

(3) Trahis au champ d'honneur par un zèle perfide,
L'étendard des Gérard, dans sa course homicide,
Tombe enfin arrêté.

On peut voir là-dessus le *Mémoire historique pour l'Ordre souverain de St.-Jean de Jérusalem*, publié par la Commission des trois langues françaises.

(4) Rhodes pendant deux fois vit tomber leur audace.

Voyez dans Vertot, tom. 3, liv. 7, le récit du premier siége de Rhodes, les prodiges que la valeur des

chevaliers y opéra. Le pacha Paléologue, avec les janissaires, les spahis et une artillerie prodigieuse, ne réussit
qu'à faire périr presque toutes ses troupes. Ses gros ca-
nons et le sabre mahométan, ne purent l'empêcher d'être
poursuivi jusque sur ses vaisseaux.

Plus tard, Soliman II fut plus heureux, sans être
mieux traité. Il donna ordre à Mustapha de lui soumettre
ce qu'il appelait des brigands. Les janissaires, rebutés,
n'osaient plus tenir contre les défenseurs de la Croix;
lorsque le sultan paraît, les enflamme; ils attaquent avec
vigueur; on les repousse : cent fois ils reviennent à la
charge, cent fois ils sont repoussés. Désespéré de la perte
de ses soldats, ne sachant plus que faire, le sultan part;
mais un traître le rappelle. Rhodes, sans défenseurs, lui
paraît encore terrible; il propose un traité à Villiers de
l'Isle-Adam, qui cède à la nécessité.

Quels n'ont point été leurs exploits dans la Palestine!
et ce siége de Malte ne sera jamais oublié.

(5) L'esclavage et la mort.

Tous les journaux retentissent des outrages faits aux
pavillons européens par les barbaresques d'Afrique; des
provinces entières ont été ravagées. La plus grande des
puissances maritimes se voit en ce moment insultée par
de simples pirates, et le léopard a besoin de ses forces
pour tirer justice du faible habitant des déserts.

FIN.

www.ingramcontent.com/pod-product-compliance
Lightning Source LLC
Chambersburg PA
CBHW061433170626
46811CB00005B/2249